AF315869

J.-B. CLAVERIE

NÉMÉSIS

ÉDITÉ PAR L'AUTEUR

Tous droits réservés

Prix : 20 centimes

En souscription, les neuf premiers chants de CAIN, poéme épique. Prix : 3 francs.

Chaque souscripteur recevra un paquet de graines de pensees de beauté, récoltées par l'auteur.

Chez l'auteur, Rue des Saints-Pères, 39.

PARIS

La guerre est une belle chose,
Dites, grands veneurs de la mort !
Armez ! et pour la moindre cause,
Pour vous n'est point fait le remord.

Voir se mêler tant de bannières,
Et se heurter tant d'escadrons !...
Emplir de sang ravins, ornières...
Distribuer croix et chevrons !...

On a fait tuer cent mille hommes !
On a ruiné de grands Etats !
Certes, vous faites de bons sommes,
Vous tous, illustres potentats !

Puis on est grand !... et, dans l'histoire,
Vous êtes dits « Victorieux ; »
Un monument peint votre gloire,
Et la raconte à tous les yeux.

Voyez !... Spectacle magnifique !
Au loin s'enflamme l'horizon...
Ici, la terreur, la panique,
Là, le ravage du canon...

Ici, des prisonniers qui passent,
Et là s'étalent des drapeaux ;
Partout les cadavres se massent...
On peut remplir bien des tombeaux !

Puis on est grand ! et, dans l'histoire,
Vous êtes dits « Victorieux ; »
Un monument peint votre gloire,
Et la raconte à tous les yeux.

.   .   .   .

.   .   .   .

Vous avez le lait d'une mère,
Et vos ébats dans le berceau,
Etes petits... Tel sur la terre
Se montre, non le lionceau,

Qui garde une âme magnanime,
Un cœur plus noble mille fois,
Entend ce cri d'amour sublime :
« C'est mon fils[1] » mais l'hôte des bois

Qui, féroce comme le tigre,
Flaire le sang du poulailler,
Qu'il verse à flots !... Il en doit vivre !
Sachez donc en tout l'imiter !

Le sang !... le peut-on bien répandre,
Autrement que pour s'en soûler ?
Eh quoi ! Qui le pourrait comprendre ?
Eux n'aiment que le voir couler !

Eh bien ! le sang marque la trace
De quiconque ose le verser ;
Et des lieux où votre pied passe,
Rien ne le saurait effacer.

Il ruisselle... il ruisselle encore...
Il est fumant... il est vermeil !
Vampire, chétive pécore,
Il n'est pour toi rien de pareil :

Car, le sang qu'on te voit répandre,
Toi, du moins, tu dois t'en soûler ;
Mais, eux, qui le pourrait comprendre ?
Ne veulent que le voir couler !

. . . .

. . . .

Soyez maudits, ô misérables,
La honte de l'humanité !
Que vos noms soient impérissables,
O vils montres d'iniquité !

Qu'ils soient toujours en la mémoire
De ces peuples infortunés
Qui s'entretuent pour votre gloire :
Pour cela seul se croyant nés !

Que les ombres de ces victimes,
Que la Mort fauche par milliers,
Viennent vous reprocher vos crimes,
O les plus vils des meurtriers !

Qu'elles vous montrent leurs blessures,
Leurs seins, leurs membres mutilés ;
Qu'en vos retraites les plus sûres
Elles suivent vos pas troublés !

Dans vos palais et sous l'ombrage,
Oui, qu'elles s'offrent à vos yeux,
Ensanglantent votre breuvage,
Vos mets les plus délicieux !

Qu'elles disent à votre oreille,
Toujours, toujours des chants de deuil...
Jusques à ce que je sommeille !
Pâles habitants du cercueil,

O morts, montrez-leur vos blessures,
Vos seins, vos membres mutilés ;
Dans les retraites les plus sûres,
Suivez, suivez leurs pas troublés !

. . . .
. . . .

Savez-vous qu'aux sombres royaumes
Il vous faudra venir un jour ?
Qu'êtes-vous après tout ? des hommes !...
Que la tombe attend à son tour.

Que peut-on graver sur la pierre
Dont on scelle votre cercueil ?
« Ci-gît, l'arbitre de la guerre
« Qui mit de grands peuples en deuil.

« Il est couché dans la poussière,
« Cet instrument qu'un Dieu vengeur
« Vient de briser dans sa colère,
« Comme on brise un objet d'horreur.

« Il dort!... » Si, pourtant, ses victimes
Ne viennent troubler son sommeil !
Si le souvenir de ses crimes
Ne le tient toujours en éveil...

O martyrs! ô malheureux frères,
Sur qui je vois toujours pleurer...
Vous épouses, vous sœurs, vous mères,
Dites, pouvez-vous oublier

Ces créatures infernales,
Ces désolateurs désolés,
Lorsque les voûtes sépulcrales
Aux yeux des leurs les ont voilés?

Oh! non! car vous tous, leurs victimes,
Vous venez troubler leur sommeil...
Et, pour leur reprocher leurs crimes,
Les tenir toujours en éveil.

. . . .

. . . .

Qu'il doit être doux, ô grands hommes,
Votre oreiller du souvenir !
Surtout, ils sont légers vos sommes,
Quand vous rêvez de l'avenir...

Vous voyez les mères, tremblantes,
Vous redemander leurs enfants,
Les sœurs, les épouses, pleurantes,
Suivre en tous lieux vos pas errants.

Et puis de toutes vos victimes
S'élèvent les gémissements...
Et, pour vous, les sombres abîmes
Entr'ouvrent leurs gouffres béants.

O rois, arbitres de la terre,
Sachez donc, enfin, réfléchir !
C'est un grand fléau que la guerre...
Craignez qu'il ne faille fléchir !

Puis, il est une flétrissure,
Ineffaçable à tout jamais,
Pour les monstres de la nature,
Enorgueillis de tels succès.

Oh ! ceux qui sentent en leurs veines
Un sang généreux et français,
Ont voué d'implacables haines
Aux complices de tels forfaits !

Rois donc, arbitres de la terre,
Désormais, sachez réfléchir...
C'est un grand fléau que la guerre...
Craignez qu'il ne faille fléchir !

. . . .

. . . .

Hommes ! n'êtes-vous pas des frères ?
Pourquoi donc vous entr'égorger ?
Pourquoi faire pleurer vos mères !
Pour qu'un roi puisse se gorger,

Avec toute son escouade,
Du sang répandu par vos mains,
Se pavaner, faire parade
De ses hauts faits !... Pauvres humains,

Oh ! d'une étreinte fraternelle
Pourquoi ne pas vous embrasser !
Pourquoi cette guerre éternelle,
Monstre, qu'il faudrait terrasser !

Mortels ! plus de sang plus de larmes !
N'avez-vous pas assez de maux !
Et, sans le secours de vos armes,
Ne serait-il pas de tombeaux !

Faut-il que votre intelligence
S'ingénie à donner la mort,
A multiplier la souffrance,
Pour aggraver les coups du sort !

Dieu n'est-il donc pas votre père,
Ne veille-t-il pas sur vous tous ?
A qui donc va votre prière,
Lorsque vous tombez à genoux ?

Mortels ! plus de sang, plus de larmes !
N'avez-vous pas assez de maux !
Et, sans le secours de vos armes,
Ne serait-il pas de tombeaux !

Note de la page 2.

Un lion, près de Florence, était sur le point de déchirer un enfant lorsque la mère s'élança vers lui, et, suppliante, lui dit : « C'est mon fils ! » le lion la regarda, lâcha l'enfant qui n'eut point de mal, et se retira à pas lents.

Paris, typ. de M. Décembre, 326, rue de Vaugirard.

www.ingramcontent.com/pod-product-compliance
Lightning Source LLC
LaVergne TN
LVHW050436060726
842526LV00007B/2625